JN084525

歌集　あはひの森

～生後まもなく逝きし子へ～

浅井のりこ

あはひの森＊目次

装画　イソベマリコ

歌集　あはひの森

〜生後まもなく逝きし子へ〜

玉響の音

砂時計しんと落ちゆく春の夜のけふのいのちの玉響の音

今まさにタクト振らむとするときに千の聴衆静寂へ消ゆ

譲れない一点のあり桜ばな花には花のわたしの矜恃

地球儀を廻せば果てなし世界地図母国はいつも中心にあり

町並みはうす墨いろに染みてゆき過去と未来が闇に融けあふ

後れ毛を纏むるやうに晩秋の夕陽は落ちて点る街の灯

一瞬で鬼と変はれる絡繰りに驚くわれの内に棲む夜叉

闇に浮く駅舎の明かりやはらかき愁ひ纏ひて人疎らなり

まつたりと雪雲おほふ四日市　煙突群に袈裟懸けの雪

老いびとに聞こえぬ音があるといふ彼の世も見えぬだけやもしれぬ

柔和なる顔(かんばせ)こそが曲者と虫をいざなふ花のたくらみ

春宵に別れしひとをおもふとき水琴窟のかそけき音す

花の妖精

立春の透きとほる空のんびりと日向ぼつこのふたひらの雲

眼に刺さる黄いろ菜の花伊良湖路の春にほひ立つきさらぎの風

猪口二杯すつかり酔ひのまはりきて「春（はーる）よ来い」のみいちやんとなる

ハイウェイに挟まれ街の墓石群供花で華やぐ彼岸の朝は

あまやかなうすくれなゐの雲ながれ闇をふふめる春宵の刻

あ行より春風に乗り走り出す桜たんぽぽ楓の若葉

紅させば霽れのわたしが微笑する　春の気を吐く木蓮の白

春ひかるさくら電車に揺れてゐる眠るふりしてマシュマロのごと

伐りこまれ塑像のやうな街路樹の木肌やぶりて吹きだす緑

おほ空をひとり占めしていういうと新葉たゆたふおほ樟の樹は

愁へても朝は来たりぬ柿若葉あをみづみづと光にまぶし

腹立つと眠くなるてふひとありて春霞のやう茫洋たる女(ひと)

白無垢の花嫁がゆく赤き橋　龍城の堀に花の散りゆく

恋ひ燃ゆる八百屋お七か満開の妖気孕める大樹の桜

さくら咲く肌寒き夜は川すぢを花の妖精よぎりゆくらむ

スウィングジャズ聞こゆるやうな花水木ワシントンに咲く桜をおもふ

おほかたは散りゆく桜ほろほろと宴(うたげ)の後のさみしさに似て

死に顔を死にゆくひとは見られない　さくら花びら散りゆくなかを

せうせうとさくら花びら散りゆけば鬱鬱として堰にただよふ

棹をさす舟人もなき花筏流れのままに流れゆくなり

現在完了進行形

サヨナラと青白き文字浮かびきてひかりが奔る真夜の病室

抱くことも葬儀に出るのも禁じられ病室ひとり空を見てゐた

嘘でせう夢だとおもふされどなぜ沈み翳らふ真秀らの空は

同室のひとの赤子が泣いてゐる　カーテン隔てころ殺し涕く

生まれ来し理由を母に教えてよ喜び悲しみ花束にして

悲しみを負ふなら産まなきあ良かつたね慰むる友にただ黙しをり

「死にし児を抱きて初めて母となる」キュブラー・ロスの言葉が刺さる

現実より逃ぐれば一生鬼ごつこおのが影追ふ雑踏のなか

その痛みそのひとにしか分からない　碧空（そら）舞ふ鳶がヒョロロと鳴けり

助けてと縋れば阿修羅は眉よせて宇宙の彼方へ翔けてゆきたり

奥深く刺さりし棘は不意打ちに妖しく疼く魔のゆふまぐれ

悲しみは現在完了進行形すがたを変へて今のかなしみ

摑もうとした瞬間に消えたゆめ残像だけが胸に染み入る

夕光の蜩の音にまよひ入る過去と未来のあはひの森へ

ミューズ

雨の音、秒針、車音入り交じり私の人生刻まれてゆく

タッツツと小気味よき音ジャズのやう時を刻みて闇は歌へり

きのふ朝上手に弾けたはずなのにトロイメライは眠りにつきぬ

一音のミスさえ気づくモーツァルト選ばれし旋律まさにその音

静謐な水紋のやうシベリウス「即興曲」のピアノの音律

ふうはりとあたたかき音に包まれて春の夢見るわたしはてふてふ

弾くことは息することと舘野泉ついとミューズに摑まりしひと

おだやかな語りの奥に火の燃えて凍りつくやう孤独のひかり

華奢な身の五嶋みどりの弓冴えて鬼気迫る音　息つけぬほど

音楽は心のふるさと水の辺の風の揺りかご言葉はいらない

月の夜舟

どれほどの溜め息つけば悲しみが流れゆくのかあぢさゐの雨

おしやべりをする筈だつた人形は真夜に目覚めて花いちもんめ

千代紙におもひを畳み折りゆけば宙へふはりと鶴の舞ひ立つ

結び目はほどけてゆきぬやはらかき日溜りに揺る早春素描

「よしよし」ととほく幽かな夫のこゑ　漆黒の地をさまよひ泣けば

ため息をつけばたましひ抜けるやう水母となりてゆらりゆらゆら

生きてゆく糧となりたる愛しみ(かなしみ)は月の夜舟のこぼるる光

サル目ヒト科

茫洋と見てゐぬ振りして見てをりぬオランウータンの円らな瞳

細長き五本の指の爪すらり　マニキュア塗れば今どきのギャル

身を隠す森も巣穴も奪はれて日日の営みすべて晒さる

母亡き子子の亡き母が見つめあふ　視線の先の翳りのゆくへ

いち番の極悪非道はヒトである百獣の王を捕らへて飼へり

どうぶつを展示するとふ動物園ウランは品物見世物なりき

喰ふ喰はる命の危険は消ゆれども為すことのなき日日に殺さる

ふり向くと檻にはヒトが座りゐて「サル目ヒト科」と展示されをり

真秀らの空

ハンガーに吊るされ宙へ揺れてゐる蘇芳のセーターたましひ抜けて

羨しみて樹の間の空を見あぐれば珊瑚朱色の卯月ゆふ雲

まつ直ぐにベビーカーより見つむる瞳(め)　なよ竹光れ瑠璃の空へと

父親に抱かるる幼は得意気に小さき鼻先ついと反らせり

子どものこゑは未来をノックする　大空に吹くおほどかな風

碧空にレースのやうな白き月ひかりしづめて儚げに浮く

との曇る皐月の空をいつくしき白を灯して鷺の飛びゆく

飛ぶ鳥の高さに住まふゆふぐれは鳥に懸想しわれも空飛ぶ

おのれさへ呑み込むほどの欠伸せば真秀らの空は深深とあを

碧空へ矢を射るごとく昇りゆく飛行機雲のひとすぢの白

ゆるらかにこころ放ちていういうと許すといふは真さをなる空

夢の糸

ゆふぐれの砂ぼこり舞ふバス停に来ぬバスを待つ夢に疲れて

想ひ出に閉ぢ込めし人夢に来て奇想天外話は展(ひら)く

ハチドリの羽音ふるはせホバリング　わたしは何処へゆくのだらう

網目よりこぼれ落ちたる時間(とき)の粒すくひ難きはあの日のわたし

さうだつた　此の道ゆけば鬼ぞゐるけふも忘れて通らむとする

いち番に言ひたきことは言へなくて忘れもののごとこころ残さる

歳月を吸ひて薄まるかなしみは想ひ出帳に仕舞はれてゆく

歳近き甥を透かしておもふ子の今かくあらむ　夢の糸紡ぐ

方言あそび

さうだらね、いいぢやん、やりん方言を纏へばぴちぴち水得た魚に

「動物園ゆかうかのん、ほい」豊橋の方言やさし「のんほいパーク」

映画館出づれば陽ざしがひづるしいモグラのごとく目はしよぼしよぼと

部屋のなか物があふれてらんごかない断捨離せぬままた春が来る

ひもじいとあたけたくなる性だでね口喧嘩すればがんこ強いに

暗ぼったい納戸で人形遊びする風邪ひきやすき幼のわたし

あの衆らおだいさまだでけなるいやあ言ってもしょんない元気でいこまい

若き日は疎ましかりしふる里の訛り聞き分け耳が恋ひをり

棚の冥みに

手品師の鳩のやうなり悲しみはつぃと現れひよいと消えゆく

いつしかと彼の世のドアは開かれて父と息子のすがた顕ちくる

鳩が出てひとは消えゆくイリュージョン　為す術もなし射干玉の闇

ぬばたまの月夜に指をり歌詠めば影絵のきつね惑ひて鳴きぬ

家屋とは生きものならむミシギシと真夜にはつかな身じろぎをせり

秒針の音は春夜に冴えわたり闇をすり抜けゆくのはだあれ

だんだんと近しきひとが消えてゆく弓張月の冴ゆる夜深けに

家ぢゆうに溢るる時計よ『モモ』は言ふ時間どろばうに気をつけなさい

ブクリヤウにマワウ、ヂワウとおどろしき名の並びゐる棚の冥みに

アンニュイな午後のカウチで文字追へば魔もの寄りきて本辷り落つ

顔パックすれば能面のつぺりと見知らぬ女がわたしを覗く

映すしか見ることできぬわが姿ゆゑに厚顔のうのうとして

閉ぢ込めたはずの記憶が起き出して身に飛び来たる飛礫となりて

団塊の世代

「団塊」と堺屋太一が名づけたりいつしか私は固まりとなる

一学年十三クラスのマンモス校惑ひ揺れつつおのれを保つ

深海のメヒカリのやう夜の路地群れてゆきかふ若者たちは

遠き日の記憶をたがひに埋めあひて級友と歌ふ「学生時代」

沈丁花咲くころ届く甘辛き「くぎ煮」は友の春ひかる風

点滅し着信ありと告げてゐる乙女座よりのひかりの誘ひ

宵闇の風に紛れて名前さへ忘れかけたる友ふはり来る

あしたへの希望の切符買ふやうに老い友三人(みたり)旅の約束

空き腹に熱燗一杯干すやうな友の優しさ髄へ沁みゆく

「ありがたう！」即座にこたふる癖つけて介護を受くる日日に備へむ

死ぬるとき焼き場も墓も混み合ひて三途の川の舟も混むらむ

水無月の闇

をさな子の弾けるやうな笑ひごゑ　隣家の庭にハナミヅキ咲く

さつさうとスーツの似あふひとがゆくビルの谷間のゆふぐれの風

搾り立て檸檬のやうな若者の笑顔まぶしく仰ぎ見るかな

山椒の芽を食む虫と摘む人と伸びる暇なし　水無月の雨

垂れ込めた梅雨空ブラシで擦りたきカリステモンの紅き花房

うつうつと雨雲垂るるゆふぐれはバレンボイムのバッハの曲を

梅雨入りを報ずる朝に百合咲きてひともとほどの鬱は晴れたり

棚雲る暗き雲間に穴ひとつのぞく青ぞら未来が透ける

前走るリアウィンドーに雲流れ梅雨明けまぢかの夏が光れり

刊行をまぢかについと逝きし友　白き茉莉花の歌のやさしさ

見あぐれば夜空ちりばむ星のごと白く瞬く満天星の花

むらさきの紗の矢絣はとほき日の大正浪漫のひかり纏ひぬ

むせるやう甘きかをりの白百合に吸ひ込まれゆく水無月の闇

青海の魚

宵闇の髄を響かせ咲く花火　わたしが空へ弾ける瞬間

漆黒の空で弾ける火の華を見上ぐるひとの眼は笑ってる

葉に落つる雨音聞きつつ眠る夜は回帰するごとこころ静まる

潮流の杭にとまれる海鳥の影儚げに海と融けあふ

噴水のしぶきとともに子どもらのこゑ吹きあげて炎熱の午後

いくつかのニッカポッカが揺れてゐる猛暑のなかの建築現場

ウォンウォンと唸る炎暑にひとも樹も日干し煉瓦の如く晒さる

溺れたるひとは藁にも縋り付くワラの私は逃げるしかない

断末魔のやうなこゑあげ過りゆくグアンゴアンと灼熱の貨車

苦しくて溺れさうなる熱帯夜はるか青海の魚となりたし

キッチンの窓

かき氷食めばキーンと音のして「気をつけ！」の態で暑さ融けゆく

香り充つ老舗味噌屋の大桶の重石丸石ピラミッドなす

japanとふ漆器で夕餉の菜食めば「ナンチャラホイ」と木曽節の出づ

パクチーは沼のほとりの草の香よ野趣あふれゐて舌を刺しきぬ

口にせば鬼と言はれむ言の葉をつぶやきてみる皿洗ひつつ

伽羅蕗の恋ほしき日ありのほほんと甘き暮らしに倦むゆふぐれは

茫茫と頼りなき日は寿司を巻き仕切り直しの起き上がり小法師

触れゆくと「ちやうど今よ」とささやけりアボカドの実の食べごろのとき

口惜しさをバネに宙へとホップせむ　リズムよろしく玉葱刻む

起きたこと「もとい」とゼロへ戻せない　冷えた心に酸辣湯（さんらーたん）を

先づ食べよ四の五の言はず粛粛と生きる本能鬱を蹴散らす

空の韻律

押し葉せしポインセチアの紅き葉が永井陽子の歌集より落つ

やはらかき樟吹く風のその先のうすくれなゐの花摘む少女

夕に咲きひと日でしぼむゆふすげを詩ひし立原道造（みちざう）夭折のひと

衒ひなき天賦の才の眩しさよモーツァルト、みすゞ、永井陽子と

音の符を紡ぎ出すやう歌を詠む永井陽子のからだは楽器

樟の木の若葉さゆらぎ春暮れてみづかね色の空の韻律

仙崎のみすゞが見たりし海碧く空遥かなる不思議をおもふ

母さまと話すみすゞのこゑ聞こゆ文机置かるる部屋をのぞけば

水ふくむ和紙のやうなりふつくりと豊かな詩情ひろごりてゆく

みすゞの詩入りたる便箋手にとれば仙崎港の潮の香ぞする

ほんたうを透かし見てゐる詩人の瞳（め）　まばゆき光に深深と闇

ゆくりなく胸の底ひの鈴が鳴る　秘色青磁のとほき空へと

もぐら叩き

闇照らす月のひかりは地上へとひとしく降りてもの蒼みゆく

あふよりも電話のこゑはあざやかにこころ模様を素描してゆく

西陽さす窓のかたへは影なしてもぐら叩きの疑問符ばかり

ざわざわと不穏な気配に振り向けば見慣れた街の長閑なる貌

倍倍に膨れあがれる怒り玉破裂せぬやうこころ転がす

決めたるも揺るるおもひの雨の日はほほけし髪をシュシュで束ねる

せめぎあふぎりぎりの地で見えてくるほんたうの貌ほんたうのこゑ

はつかづつメトロノームのずれゆきて身の歯車がくるひだす午後

開きさうで開かぬ扉に溜め息し豌豆の莢もくもくと剝く

切り岸で顕ちくるおもひは真（まこと）なり鬼か菩薩か　ほうと息吐く

棘のあることば甲羅で撥ねかへしアルマジロのごと爆走すべし

秋のソナタ

コスモスの小さな花たち主張してあち向きこち向き秋風に揺る

蹴りあぐる球のやうなる白き月たそがれ近き浅葱の空へ

御簾越しの姫さまのやう秋の月うす雲纏ひはんなりと浮く

秋の陽にふはりふはりと歌ふうせん漂ひながら指に停まれり

風に舞ふ枯れ葉の小径踏みゆけばひと恋ひしさに足早となる

再会が待つてるやうな秋の午後　街の小路で息をひそめて

ドレープのふくらみほどの優しさに小春日和の風とたはむる

西陽受け樹樹さはさはと戦ぎをりひと日を終へむ誇りに充ちて

茜さすゆふべの空はかなし色　風が体を吹き抜けてゆく

物音に咳払ひして構ふれば盗つ人まがひの小夜の秋風

ぬばたまの闇を衝き抜け鳴る汽笛　長月の夜の秋はさびしゐ

夕さりのはるか稜線影立ちてほんたうのこと知るは寂しも

黄昏れてモノクロに染む窓の外を希望のやうな茜雲ゆく

秋いろ切符

しら雲はジュゴンの背なかゆうらりと商店街の空を流るる

急くこころ宥むるやうに逝く夏の豆乳プリンぷるんと掬ふ

やまぼふしのこずゑさゆらぐ光たち思ひ出せない彼のひとの名を

やはらかな眉をゑがきて紅させば玻璃の向かうの秋透きとほる

車窓より草焼くけむりの香の入りて原風景のしみじみと秋

物干しへ水平停止の秋あかね透かしの翅のいのちの揺らぎ

朱鷺色のすぢ雲須臾に耀ひて息呑むゆふべ　夢幻のいのち

鈴虫のこゑは涼風いざなひて秋いろ切符の配らるる夜

やはらかなコートの襟に降りてくる秋の駅舎の夜はさみしき

2222とデジタル時計笑まひをり夢のふくらむしづかなる夜

くれなゐ匂ふ

病む友のつらきおもひを聞くときは果てなく砂の降りつもりゆく

寝たきりの義母の肩肉削げ落ちて九十五歳の闘ひの日日

ぽつかりと満月空より道案内義母を見舞ひし重陽の宵

浮かぶのは笑顔ばかりの悠くんと恐きやまひはミスマッチなり

椅子取りのゲームに負けたと書く君のメールの文字に未来が揺れる

知ることは淋しきものなり玉手箱開けたる後の身に沁みとほる

病むひとの嘆き掬ひて月は照るほろりとやさし蒼白き影

手びねりの皿に盛るとき浮かびくる星となりたる友の微笑み

うつし世のつとめ果たして逝く友を密か羨む堅香子の花

聖夜まで散らずに赤きもみぢ葉に君の命のくれなゐ匂ふ

一輪の薔薇

華やかな季節の巡りはなけれども心に咲いた一輪の薔薇

茶ばしらの立ちたる朝はうす桃のショールを纏ひ陽光(ひかり)のなかへ

晴れ晴れも鬱鬱もなく凡凡と珈琲のかをり居間に充ちゆく

扉絵をひらけばほのか風立ちてひかり謎めく文字の宇宙へ

かけ違ふ釦は元に戻れない穴それぞれに言ひ分のあり

わがおもひ超ゆる歌評と出会ふとき微か睫毛の震へてをりぬ

きりきりと追ひこむことはないのだと霧らふ遠望峰（とぼね）山の予報は晴れへ

ありふれた川原に転がる石でいい温きひかりを肌へあつめて

帳尻を合はせるやうに錦秋の太巻き寿司をきつちりと巻く

枕辺のラヂオのこゑを聞きながら眠る夜深けの曼荼羅陀羅尼

ふるへて一歩

捲りゆく月なき暮れのカレンダーこぼれし夢をそつと拾ひぬ

詠草の歌ひねり出す歳晩は牛蒡を叩き伊達巻を巻く

東雲の街はしらしら明け初めて遠望峰（とぼね）山ゆ昇る陽に掌をあはす

うつすらと雪化粧せるあらたまの睦月朔日ふるへて一歩

楊貴妃の愛したといふ墨の香よ麝香、龍脳魅惑のかをり

墨を磨る音やはらかに障子さす白きひかりに吸はれてゆきぬ

あらたまの春の陽光(ひかり)はまばゆくて書のひらきゆく未知への扉

ゆらゆらと白き湯舟に揺れをればしあはせ天使の舞ひ降りてくる

満天星の風

訣れてもそつと寄り添ひ想ふひと町ぢゆう櫻に染むる季節は

剛ちやんと歴人は兄弟けんくわして泣きもしたらう隣家のやうに

春風に鞦韆揺れて「かあさん」と呼ばれぬままに黄昏れてゆく

彷徨へるこころの安寧求むればラピスラズリの黙ふかき青

子育ての苦楽の章は落丁し未完の本のタイトルも無し

暁闇をすり抜け瑠璃へ翔けてゆく　天へと伸びよルピナスの花

もろもろの写真とかつてのわたくしと文箱も捨てむ　満天星の風

籠城

見えぬ敵倒す武器なく籠城す　白木蓮のひかりの街は

未来とは明るきものと願へどもガラガラポンとコロナも出づる

百年にいち度のわざはひ狼狽へて足縺れつつ季節は過ぎぬ

妻しのび大和田獏が口吟む「シャボン玉」とは悲しき歌よ

薄氷（うすらひ）のみづうみ渡らふここちして月もわたしも疲弊してゆく

早押しのゲームのやうだワクチンの予約に負けて怒髪天を衝く

繋がらぬ予約空振り宙ぶらりん彷徨ふいのち難民となり

わが生は螻蛄のひらく手幅ほど鬼の過ぎるを息ひそめ待つ

施設にてクラスター起き急逝す義兄(あに)に牙剝くオミクロン株

気遣ひのこころ優しき義兄なり奈良の言葉のまろらかにして

三めぐりの春のコロナ禍しら玉の緒を解くやうに姉兄逝きぬ

兄ちゃんはもう夕焼けを見られない空見て夫はぽつりと言へり

法事にて乳呑み児抱くひと誰ならむとほき記憶の糸を手繰りぬ

むらさきのひかり灯して桐の花　乾きしこころうるほす滴（しづく）

ふる里　父母

老いてゆく母に重なる若き日の気丈なる母やさしくなりぬ

幼子のやうに待ちゐる病む母にあはむと慣れぬ高速走る

破裂せむほどに浮腫みし母の手を黙してさするホスピスの夜

最期の夜まぶたこじ開け母は見し涙する娘(こ)を訝るやうに

みまかりし母にマスカラ施せばそと華やぎぬ蠟の肌(はだへ)は

憑依せる亡母の貌もて座し居れば盆ぎり客は飛び退きにけり

三回忌の母の法要ひとなかを迷子のやうに母を探せり

「のんころ餅のーちゃ起きな」ご機嫌な父のころゑする幼きころの

宴会の寿司折り提げて父帰る　子らの歓声昭和の時代

若き日の父の作りし歌と逢ふ娘の知らぬ父がほうと息せり

台風を避けて家族は蔵のなかをさなの記憶のともし火揺らぐ

れんげ草摘みてあそびし田の景にとなりの綾ちやんのぶちやんのゐる

むらさきの遺品のセーターぴたり合ひ母の刺繡の花いさぎよし

いつの日も同志のやうな母なりきこゑを聞きたし黄昏の空

亡き母にわが足指がそつくりと姉笑ひつつまじまじと見つ

代替りしたる実家はとほのきて山桃古木にあひたきゆふべ

起きぬけの鏡に亡母映りゐてけさは将棋の「と」と澄ましをり

まなかひに姫沙羅の白　ふる里のけはひ纏ふるひとの恋しき

ふる里で子を産み育て老いてゆく井の中蛙がやはりしあはせ

ちちははの亡きふる里は遠ざかる「僕がふるさと」夫のつぶやく

冬ざれ

せうせうと背戸に吹く風さびしらに葉蘭のひとむら夢抱き眠る

冬ざれの枯れ木のほつ枝小さき鳥風吹くたびにバランスとれり

流れゆく雲に呑まれてしまひさう冬木の枝で何おもふ　鳥よ

こける日も圧巻もある浅田真央予測を超える不思議さがいい

何処までも独楽は高みへ回りゆく羽生結弦の譲れぬ矜持

硝子窓窺ふやうに雪が舞ふ風に遊ばれ雪花の輪舞曲（ロンド）

見慣れたる道も家並も雪化粧　不思議の国へ誘はれてゆく

仄かなる雪の明かりに浮かぶ街けふは俄の雪国のひと

のぞき穴覗けば街の灯滲みきて見分けもつかぬ真夜の雪道

凍る夜をくをんくをんと鉄を打つ線路工夫の吐く息のせて

夕光の樹樹は影絵に収まりてさゐさゐと揺るコンビニの旗

置いてけぼりされたるやうな冬寒の茜の空を眺めてゐたり

あれやこれ尽きせぬおもひ悔ゆる日日長き寒夜は罪深きもの

冬月の冴え渡る夜はむらさきのこころ澄みゆき水晶となる

一衣帯水

透きとほり艶めくこゑの凛として『額田女王』いきいきと在り

你好（ニイハオ）も話せぬ異国に降り立てばなぜか懐かし涙こぼるる

楊貴妃はかかる魅惑の人ならむ美人ホテル員へ吸はれゆく夫

短波にて聞く中国語は珍紛漢(チンプンカン)音楽聴くごと眠りにつきぬ

発すれば喉がよろこぶ前世のわたしはきつと中国のひと

汽車は火車くるまは汽車とふ中国語　似て異なれる隣国とほし

中国のドラマ主題歌韻を踏み釣られて真似すここちよき音

一瞬で字幕を読みて台詞聞く微妙なニュアンスあぢはひながら

親戚の争ひ見るやう尖閣のニュースを聞けばこころ騒立つ

やられたる国の記憶は鮮やかに人は火を噴く怨念を吐く

わたくしが殺したわけではないけれど南京事件の罪びととなる

正座して御上の命を聞く習ひ従順なるかな日本の人は

出る杭の打たるる国は和を好み「どちらとも言へない」へ逃げゆく

海洋に国境を引く愚かさをかぐやは映すいのち光る星

家移り

くちなはに家を追はるる水無月の庭の白百合あまく香れり

積まれゆく荷台のピアノ目で追へば音符休符が逃げ出して来る

わが吐息漏れくるやうな壁の染み手でなぞりゆく嬰ハ短調

さりげなくあしたあふやう別れたし金木犀の小ばな散る庭

とり壊し更地にされて売られゆく庭の蜜柑の甘酸つぱくて

枠だけの洞（うろ）を晒して解体のわが家ぽかんと空を見てをり

グーグルに映るわが家よ棕櫚の樹よ今は更地のまぼろしの家

棕櫚の樹を蜜柑を伐りて売りし家の形見となれるアロエの小鉢

やはらかなオフホワイトの朝の部屋けふのわたしがリセットされる

蜂の巣の穴のひとつの箱の部屋窓に映れるゆふぐれの街

暮れ泥む街にぽつりと灯が点りやがて謎めく光の海へ

梅雨晴れの陽光(ひかり)とあそぶ子らのこゑ　窓の向かうは公園の空

あざやかに遠望峰山(とぼねやま)より虹立ちて塒へ急ぐ鳥の越えゆく

モンゴルのホーミーのやう風が鳴り共振してゆく高層の闇

白檀の香

寂しさはファルセットのやう染みてきて街の灯りのほつほつ点る

食卓のふたつの椅子は新のまま捨てられにけり　神無月の夜

彼の日だけくつきりとして時止まりカプセル入りのあの日のわたし

生まれ来しいのちの意味を問ひながらあの日もけふもあしたも生きる

軽やかに挨拶するやう問はれたり　肌を撫でゆく氷塊ひとつ

聞こえない振りして輪よりとほのけばカップ揺らめく真白き波紋

繰り返し疑問符ばかり浮かび来て素数の割り算してゐるわたし

2と1の差は小さきが1と0（ゼロ）比ぶる土俵をもとより持たぬ

野辺飛べるたんぽぽの絮よ彼のひとの魂のゆくへをそつと教へて

この星の空気はつかに吸ひし子へディズニー、富士山見せたかりしを

なよ竹のさやぐ星夜はいまいち度あひたきひとの名を呼びてみむ

おじさんになつたのだらう今いくつ数ふを止めた夭折の子の

あつたやう無かつたやうに模糊模糊とつき詰めぬやう流され生きむ

困りごとあると息子に頼みをり　ひとすぢ揺らぐ白檀の香

脆き母護らむとして生まれけむ惑ひ流され見えたる仏

未来へと繋ぐる術を持たざれば五百羅漢に託してゆかな

御所染の色に耀ふゆふ雲へメール送らむ「ありがたう空」

華空間に遊ぶ

衣食住足りて洩れくる溜め息を消さむとおもひ旅立つ朝(あした)

真福寺の護符(ごふう)売り場のおばあさん菩薩の笑みで鎮座まします

たましひの攫はれてゆく真白なる薬師寺壁画須弥山の雪

樹皮裂けておどろおどろし巨大杉鷲掴みせんと仁王立ちせり

千年の樹皮うねらせて大杉の天狗棲めるや真昏き洞に

大湫のおほ杉たふれ伐り根元　まぼろしの威容まなうらに顕つ

千体のキツネゐ並ぶ霊狐塚まとふ冷気の豊川稲荷

夕食に誕生祝ひのケーキ出て腹こはしたりインドのホテル

チェコ人の妻となりたる友とゆく国境越えはいとも容易し

兄の家に集ふ兄弟やつとかめ闇夜に浮かぶハイデルベルク城

でかでかとピラミッド見ゆ宿の窓　ギザの市街と寄り添ふやうに

にょきにょきとキノコのやうな岩の家カッパドキアは妖精の郷

ビー玉が床を転がるホテルなり昔は湖(うみ)のメキシコシティ

クルーズの出航問へばトゥモローといつも答ふるカリブ海のひと

バリ島のガイドのアリのバティックが敷物となり仏壇飾る

ハンドルを握るは至福の夫とゆく摩周湖、阿蘇へ　けんくわしながら

沖合ひで木の葉のごとく揺るる船　漁師にやなれぬと夫はつぶやく

綿菓子の大盤振る舞ひ白雲の透き間にのぞく口永良部島

機内より夜景の街を眺むればひとりひとりのいのちが光る

日常を離れていつとき旅の空　華空間にひかりと遊ぶ

富士恋ふる

通学路の茶畑越しに夕さりのくれなゐ染まる富士のしづやか

掌のなかで花の香プチンと弾け飛ぶ　ふはりと春が立ち上がりくる

恋ふるやう今日また富士にあひに来た明日への夢を摑まむとして

にほひ咲く田貫湖畔の桜ばな慈母のやうなる富士うらうらと

何処までも深く澄みきる湧き水に忍野の魚の影は透けゆく

秋さぶのライブカメラの富士とあふ本栖湖畔へふはりと降りる

白鳥の羽休めたる姿しておほ富士ゆるり碧空に立つ

朝霧の草原寝そべるホルスタイン脹れた乳房に冬の陽やさし

しら雪は魔法の衣たちまちに神秘たたふる霊峰となる

奥深くマグマ抱ける火のやまの富士は白じろ夢幻の花よ

快晴の空に聳ゆる冬富士を側鏡（ミラー）に映し名残惜しまむ

凹凸夫婦

遇ひし瞬間（とき）縁あるひとと感じたり　金木犀の香の好きなひと

かきあぐる豊かな髪が好きだつた　変はりゆくなりひとも草木も

台風の吹き荒るる夜も寝息立て米屋の息子は出た所勝負

八つ当たりしたるのちくる空しさよ耐へゐる君のこころが透ける

背を丸め手酌の君の寂しげなすがた斜交ひ捉へてゐたり

眼の動きこゑのトーンにこころ読む　玉ねぎ刻む刃の隙間より

神経の尖りが真逆の夫婦なり阿呆ちやうかとおのもおのもに

渇く地へ慈雨のごとくに滲みゆきて喧嘩は夫婦のリポビタンD

ちさくなり夜具に埋もるる君を見て若き日おもふ　ひとつ息吐く

僕居ずば死(チ)ンジャオロースになつちやうよそれもさうねと茉莉花のかをり

秋しみる真夜のうす闇こゑあぐる君をひとりにゆけぬとおもふ

寝つけずに夫の手そつと触れてみる深き眠りの君は海人（うみんちゅ）

名を呼べば「我在（ウォツァイ）」と答ふ寝入るまへふたりのあそび　息してますか

こゑ掛けて美しき夕景見てをりぬ限りある日日愛ほしみつつ

光と影

朝陽受け黄金にかがよふ棕櫚の葉にけふの運勢占ひてみる

太陽線濃ゆくなりゆくさきはひの琥珀のひかり掌に包みこむ

尽くるほど思へど叶はぬ夢のあり　飄飄として吾亦紅揺る

わらわらと散りぼふ木の葉おほいちやう新たな夢を摑まむとして

捨て台詞嚙ましてをはる一生も面白からう　夢想のひとつ

生きるとは禅問答のやうなれば行きつ戻りつ木の下闇を

あなたがゐなければ生きぬけなかつた　夕陽に響む蜩のこゑ

それぞれが伴奏者なりそれぞれの　鳥の囀り、あなたとわたし

やはらかな桃いろ和紙にかなしみのほのか透きゐる一生（ひとよ）とおもふ

ひとの生（よ）は禍福あざなふ妙ありてまあ幸ひな◎（まる）としませう

みつ瀬川渡りしのちも湧き流るる泉となりて君と逢はまし

あとがき

危険を予知する古代人の名残が子どもの頃より少しあって、そのお蔭で何とか無事に生きてこられた気がします。理屈より勘で動くタイプです。大学生の時に夫と出逢い、瞬間的に縁のある人と直感しました。紆余曲折はあったものの結婚してもうすぐ五十年となります。

大学生の頃は和泉式部の「あらざらむこの世のほかの思ひ出に今ひとたびの逢ふこともがな」が好きで、今も好きな歌人のひとりです。現在は永井陽子の音楽のような韻律と詩的な歌に魅せられています。大西民子も共感できる歌が多く好きな歌人です。また十代のころより散文詩を書いていたこともあり、金子みすゞの詩集も手元に置いて読んでいます。ただ短歌を始めたのは晩くもうすぐ還暦という頃でした。若い頃から心の奥に澱のような悲しみを抱え、ずっと詠みたいテーマがありました。私は二十代で二度男児を出産するもののいずれも九ヶ月半ばの早産で医療の恩恵を殆ど受けることなく生後まもなく逝ってしまいました。
実は婚約していた頃に地の底に堕ちてゆくような漠然とした不安があり、妊娠した時も不吉な予感がありました。出産で子も私も死ぬかもしれない気がしたのです。結婚二年目で子も妻も亡くしてしまう夫が可哀相で、せめて感謝の気持ちだけでも書き残しておこうと秘かに思ったのでしょう。縁起の悪いことと思われるかもしれませんが、感謝の詩とともに最後に辞世の歌を添えました。それが生涯で初めて詠んだ歌でこの歌集の最後の「みつ瀬川渡りしのちも湧き流るる泉となりて君と逢はまし」です。その後歌を詠むこともなく散文詩ばかり書いていました。
現実として出産直後に容体が悪化し酸素吸入器がきたので、少し危なかったのかもしれません。一九七五年の頃は妊婦に血がのぼるという理由で死んだ子どもに会うことも抱くことも許されませんでした。後にキュブラー・ロスが「死んだ子でも抱いて母として過ごす時間が大切であり、抱かないと母親になれず長く苦しむことになる」と提唱したこともあり、現在では私のようなことはなくなったと聞いています。

悲しみや苦しみと直面せずに逃げてしまうと一生逃げ続けなくてはなりません。喜びの頂点から悲しみのどん底へジェット・コースターのように瞬時に落ちてゆくことは、精神的肉体的にも疲労困憊します。その後二度と身籠もることはありませんでした。ただ甘やかされて育った我儘な私が少し耐えることのできる人になれたのは悲しみとともに生きてきたからかもしれません。

あふれ出す亡き子への思いと裏腹に、詠むことはつらく幾度か止めようかと思いましたが、「儚い一生を歌にとどめてやりたい」その一心で何とか続けてきました。

その後だいぶ経ってから高校教師の夫の文章を読み、当時の夫の抱えた悲しみを初めて知りました。泣いてばかりいる妻を励ましつつ、死んだ子の葬儀やその他の一切を独りでしなければならなかった。どんなに辛かったことでしょう。次の夫の文章を読んでいただくと若い夫婦の様子が分かっていただけると思います。

 ☆ ☆

〜『悲しみ』〜

ある時「人は人のために泣けるか?」と言うテーマで議論したことがあります。人が泣くのは、人のためであるかのようにみえて、実は自分がかわいそうだから泣くのではないか、という問いかけがなされたのです。

例えば、おばあちゃんが亡くなって悲しくて仕方がない、というのは、亡くなったおばあちゃんがかわいそうというより、おばあちゃんを亡くした自分がかわいそうなのではないか、という問いです。みんな頭を抱えて考え込んでいました。

そんな中である生徒が、自分というのは自分をとりまく人々との「関係」の中にしかないのだから、その関係がなくなることが悲しいのではないか、と答えるのを聞いて、その通りだと思いました。

この発想が仏教の「無我」の考え方です。自分という固定的なものはどこにもなく、周りの人々との関係の中にしか自分はないのです。考えてみると喜びも悲しみも、自分と人の「間」にあるような気がします。人の心との間につながりが感じられた時、僕らの心は温かくなるのですが、そこでは自分とか人とかは消えてしまって、つながりだけがポカポカ温かい。悲しみも、人が悲しいのでも、自分が悲しいのでもなく、いわば「世界が悲しくなる」のではないでしょうか。目の前が真っ暗になると言いますが、これは世界が悲しみに閉ざされ真っ暗になるということでしょう。「山河慟哭」といういい言葉があります。悲しい時は、山が激しく慟き、河が声をあげて哭くのです。

　ぼくにも何度かそういう経験があります。中でも忘れ難いのは、生まれたばかりの子供を亡くした時です。未熟児で生まれ、すぐ保育器にいれられたのですが、看護のかいもなく、三日後に亡くなってしまいました。身近な者たちだけが集まって、病院で簡素な葬式をあげたのですが、そのあと小さな棺おけを風呂敷に包んで（それほど小さいのです）タクシーで火葬場へ行こうとしたところ、運転手に脇の荷物を見とがめられ、「それは何ですか」と聞かれたものだから、やむなく「お棺です」と答えると、「降りてくれ、縁起でもない」と乗車拒否されました。仕方なく歩いて行くことにしましたが、ぼくの体が揺れる度に、中の亡がらが棺のなかで右に左に転がるのです。その時ぼくは無性に悲しかった。子どもがかわいそうでもあるし、自分がかわいそうでもある。いや世界そのものが悲しみに閉ざされ、ぼくの目から涙がひとりでに流れてきました。全てが終わって、一人でアパートに戻ってから、ぼくはもう一度悲しみに包まれました。押し入れをあけると、そこに赤ん坊のおしめや産着がきちんとたたまれてありました。それを見たとたん、ぼくの目から涙がとめどなくあふれてきました。ぼくは極度に混乱しながらも、これらのおしめや産着が妻の目に触れてはならないと思い、全部ゴミ袋に詰め込んでいました。

（浅井勉『コギト　若い君への哲学コラム』より）

☆　☆　☆

父は若いころ短歌と童謡詩の同人となっていて、私が生まれた頃は童謡詩だけ書いていましたが、父と真面目な話を殆どしないまま亡くなりました。ただ父の影響で十代のころから自己流で散文詩を書いていて、子どもを亡くした時も詩を書くことで乗り越えられたと思います。

二〇〇五年に母が亡くなり、長年踏み出せなかった短歌を二〇〇六年より始めることにしました。

二〇一〇年より「りとむ短歌会」に入会し何人かの歌友もできました。今野寿美先生には毎回詠草に目を通してくださり心より感謝しております。この度は素敵な帯文と五首選歌をしていただき本当に有難うございました。

「りとむ」の入会とほぼ同じ頃、地元の短歌の勉強会「乙川会」に入りました。講師がいないので対等に何でも言い合える楽しい会です。会の皆様には感謝しています。

二〇一六年から「中部日本歌人会」に入会し歌会に参加して少しでも前に進みたいと願ってきました。いろいろな刺激を受けて大変勉強になりました。

書肆侃侃房の田島安江様にはいろいろとお世話になり有難うございました。

年齢的にそろそろ限界に近づいたことと、亡き子への贖罪と私の苦しみの解放を願って拙い歌集ではありますが出版することを決意しました。彼の世で子の顔が分かるのか、子も母だと分かるのか自信もなく悲しいですが、この歌集を持って許しを請いたいと思います。

二〇二三年三月

■著者略歴

浅井のりこ（あさい　のりこ）
1948年浜松市生まれ
静岡女子大学文学部国文科卒（現　静岡県立大学）
2006年より短歌を始める
2010年「りとむ」入会
「中部日本歌人会」会員
「日本歌人クラブ」会員

歌集　あはひの森　りとむコレクション127

二〇二三年三月二十日　第一刷発行

著　者　浅井のりこ
発行者　田島安江
発行所　株式会社 書肆侃侃房（しょしかんかんぼう）
〒八一〇-〇〇四一
福岡市中央区大名二-八-十八-五〇一
TEL：〇九二-七三五-二八〇二
FAX：〇九二-七三五-二七九二
http://www.kankanbou.com info@kankanbou.com

装　幀　acer
DTP　BEING
印刷・製本　亜細亜印刷株式会社

ISBN978-4-86385-565-6 C0092